TRENTE-QUATRE

# TABLEAUX MODERNES

AINSI QUE

UN PAYSAGE PAR MEINDERT HOBBEMA

PROVENANT EN PARTIE

DE LA PRÉCIEUSE COLLECTION DE FEU

## M. Y.-D.-C. SUERMONDT

Ancien Directeur de la monnaie d'Utrecht.

EXPOSITIONS

| PARTICULIÈRE | PUBLIQUE |
|---|---|
| Le Samedi 24 Février 1877. | Le Dimanche 25 Février 1877. |

DE UNE HEURE A CINQ HEURES.

| COMMISSAIRE-PRISEUR, | EXPERT, |
|---|---|
| Me CHARLES PILLET, | M. FÉRAL, PEINTRE, |
| 10, rue de la Grange-Batelière. | 54, rue du Faubourg-Montmartre |

# CATALOGUE

DE

# 34 TABLEAUX MODERNES

PROVENANT EN PARTIE

Ainsi que

## Un Paysage par Meindert HOBBEMA

De la précieuse Collection de feu

## M. Y.-D.-C. SUERMONDT

Ancien Directeur de la monnaie d'Utrecht

DONT LA VENTE AURA LIEU

HOTEL DROUOT, SALLE N° 8

**Le Lundi 26 Février 1877,**

A TROIS HEURES.

---

Par le ministère de Me CHARLES PILLET, Commissaire-Priseur,
10, rue de la Grange-Batelière,

Assisté de M. E. FÉRAL, Peintre-Expert, 54, rue du Faubourg-Montmartre,

*Chez lesquels se trouve le présent Catalogue.*

---

**EXPOSITIONS** { Particulière : le Samedi 24 Février 1877;
Publique : le Dimanche 25 Février 1877;

DE UNE HEURE A CINQ HEURES

## RÉSUMÉ DU CATALOGUE

1 — ACHENBACH (A.). — Plage.
2 — BAKKER-KORFF. — Lecture de la gazette.
3 — BELLANGÉ (H.). — Veille de la bataille de la Moskowa.
4 — BOUGUEREAU. — Bacchante.
5 — CERMAK. — Sac d'un village.
6 — CONSTABLE (John). — La Mare.
7 — DECAMPS. — L'Hallali.
8 — DIAZ. — Maison turque.
9 — DIAZ. — La Clairière.
10 — DIAZ. — Forêt.
11 — DIAZ. — Paysage.
12 — DUPRÉ (Jules). — Coupe de bois.
13 — FROMENTIN. — Le Simoun.
14 — GUDIN. — Port-Mahon.
15 — HAMMAN (Ed.). — Srénade.
16 — JACQUE (Ch.). — Bergerie.
17 — JACQUE (Ch.). — Troupeau.
18 — JACQUE (Ch.). — Paysage breton.
19 — JACQUE (Ch.). — Cour de ferme.

20 — Jongkind. — Vue prise à Dortrecht.
21 — Knaus. — Épisode de la Guerre des Paysans.
22 — Knaus. — Portrait d'enfant.
23 — Knaus. — Petite fille.
24 — Meissonier — Le Liseur.
25 — Millet (J.-F.). — Tour du moulin.
26 — Moreau (Ad.) — Sortie du bal.
27 — Munthe (L.). — L'Hiver.
28 — Ommeganck. — Animaux.
29 — Scheffer (H.). — La Visite.
30 — Saint-Jean. — Fruits.
31 — Stevens (Al.). — La Délaissée.
32 — Troyon. — L'Abreuvoir.
33 — Verboeckhoven. — Brebis.
34 — Waldorp. — Ville de Hollande.
35 — Millet (J.-F.). — Glaneuses (dessin).
36 — Millet (J.-F.). — Fileuse (dessin).
37 — Hobbema. — La Rivière.

## CONDITIONS DE LA VENTE

Elle sera faite au comptant.

Les adjudicataires payeront *cinq pour cent* en sus des enchères.

Paris. — Typ. Pillet et Dumoulin, 5, rue des Grands-Augustins.

# DÉSIGNATION

## ACHENBACH

(ANDRÉ)

1 — Plage. 1450

A droite, une femme accroupie tenant son enfant; plus loin, des pêcheurs; au large, un bateau à voile; ciel gris et orageux.

Signé A. ACHENBACH, 73.

Bois. Haut., 41 cent.; larg., 31 cent.

## BAKKER-KORFF

(A.-H.)

2 — La Lecture de la Gazette. 1860

Une femme âgée, portant des bésicles, est assise dans un grand fauteuil et lit avec attention le jour nal; à sa gauche, une petite table où se trouve servi son déjeuner ; à sa droite, un tabouret sur lequel sont un livre ouvert et un sac.

Signé A. H. Bakker-Korff, 66.

Bois. Haut., 19 cent.; larg., 15 cent.

## BELLANGÉ

(HIPPOLYTE)

### 3 — Veille de la bataille de la Moskowa.

6 septembre 1812.

Gravé par Rollé en 1847.

« Ce fut sur le champ de bataille, qui allait être illustré par une des victoires les plus disputées et les plus mémorables, que l'empereur reçut pour la première fois le portrait de son fils. . . . .

« Un officier de la maison impériale, M. de Beausset, l'apporta, et ce fut le 6 septembre, à 7 heures du matin, qu'il arriva à la tente de S. M.

« L'Empereur appela lui-même tous les officiers de sa maison et les généraux qui attendaient ses ordres pour leur faire partager les sentiments dont son cœur était rempli.

« Il fit placer le portrait en dehors de sa tente sur une chaise, afin que les braves officiers et soldats de sa garde pussent le voir. Le portrait resta ainsi toute la journée. »

(*Extrait du Catalogue du Salon de Paris*, 1846).

Signé et daté 1845.

Toile. Haut., 57 cent.; larg., 75 cent.

## BOUGUEREAU

(W.)

### 4 — Bacchante. 1060

En buste, vue de dos, couverte d'une peau de tigre, la tête couronnée de pampres.

Signé W. Bouguereau, 1854.

Toile ovale. Haut., 55 cent.; larg., 46 cent.

## CERMAK

(JAROSLAU)

### 5 — Le Sac d'un village arabe. 930

Un homme saisit une femme à bras le corps et l'emporte, laissant son enfant étendu sur le sol, pendant qu'un vieillard, tenant une torche, incendie les maisons.

Signé Jaroslau Cermak, 1865.

Bois. Haut., 67 cent.; larg., 51 cent.

## CONSTABLE

(JOHN)

### 6 — La Mare.

A gauche, un talus surmonté de quelques arbres; au premier plan, une mare où des vaches viennent se désaltérer; vers le fond, un pacage où paissent des bestiaux; ciel nuageux.

Impression de la nature après la pluie.

Toile. Haut., 53 cent.; larg., 69 cent.

## DECAMPS

(A.-J.)

### 7 — L'Hallali.

La meute se jette sur le cerf qui lui fait face; les chasseurs, longeant une rivière, arrivent au second plan; dans le fond, des bouquets d'arbres; à l'horizon, des montagnes se détachant sur un ciel doré.

Signé Decamps.

Toile ovale. Haut., 24 cent.; larg., 31 cent.

## DIAZ

(NARCISSE)

8 — La Maison Turque. 1050

Elle est construite au bord d'une mare où une femme est occupée à laver du linge.

Trois hommes causent sous une véranda.

Au centre, deux arbres près d'une margelle en pierre; à droite, paysage accidenté et fuyant avec hautes montagnes.

Toile. Haut., 62 cent.; larg., 77 cent.

## DIAZ

(NARCISSE)

9 — La Clairière. Forêt de Fontainebleau. 4700

Au premier plan, des mares ombragées par de grands arbres; au second plan, une paysanne portant un fagot traverse une clairière vivement éclairée par le soleil.

Ciel bleu avec légers nuages.

Signé et daté 74.

Toile. Haut., 40 cent.; larg., 56 cent.

## DIAZ

(NARCISSE)

### 10 — La Forêt de Fontainebleau.

Au centre, une mare et une femme ramassant du bois mort ; sur les côtés de vieux arbres aux troncs gris et noueux vivement éclairés par le soleil ; au fond une percée laissant voir le ciel.

Signé N. Diaz.

Bois. Haut., 24 cent.; larg., 32 cent.

## DIAZ

(NARCISSE)

### 11 — Paysage.

Pays plat avec rochers placés par intervalle ; ciel nuageux et brillant se reflétant dans une mare qui est au centre.

Signé N. Diaz, 60.

Bois. Haut., 21 cent.; larg., 26 cent.

## DUPRÉ

(JULES)

12 — Coupe de bois. 3600

Dans une clairière, sur un sol dégarni, des troncs d'arbres sciés près desquels est accroupi, à gauche, un pâtre ayant auprès de lui une chèvre ; un peu en arrière, près d'un buisson jaune, du bois coupé; à droite, deux vaches; au second plan, des massifs d'arbres vert foncé et une éclaircie de ciel bleu avec nuages blancs.

Signé JULES DUPRÉ, 1834.

Toile. Haut., 44 cent.; larg., 55 cent.

Lithographié par Français, n° 4, dans les *Artistes contemporains*.

Gravé par CHAUVEL.

## FROMENTIN

(EUGÈNE)

13 — Le Simoun. 5000

Quatre cavaliers arabes, groupés, attendent, faisant face à l'ouragan furieux qui soulève le sable et couche sur le sol les herbes et les broussailles.

Signé EUG. FROMENTIN.

Toile. Haut., 33 cent.; larg., 52 cent.

## GUDIN

(THÉODORE)

### 14 — Vue du Port-Mahon.

Mer calme; vaisseaux en rade, fumée d'une cannonade sur le fort; collines bleues à l'horizon.

Toile ovale, Haut., 60 cent.; larg., 80 cent.

## HAMMAN

(ÉDOUARD)

### 15 — La Sérénade.

Deux jeunes gens à la fenêtre d'un palais vénitien préparent leurs instruments; l'un d'eux regarde vers la droite une jeune femme qui apparaît sur le balcon d'un palais voisin, suivie de deux seigneurs.

Signé Edouard Hamman, 1847.

Bois. Haut., 70 cent; larg., 55 cent.

## JACQUE

(CHARLES)

### 16 — La Bergerie.

8400

Dans l'intérieur d'une étable, un troupeau de moutons; au centre, deux brebis se désaltèrent dans un baquet, d'autres mangent au râtelier ou se reposent.

Quelques poules picorent, au premier plan, auprès d'une jatte en terre. Dans le fond, une lanterne suspendue au mur.

Tableau très-fini.

Signé.

Toile. Haut., 43 cent.; larg., 68 cent.

## JACQUE

(CHARLES)

### 17 — Le Troupeau.

6000

Dans une clairière, un troupeau de moutons sous la garde d'une bergère; au second plan, des vaches paissant auprès de quelques rochers, à l'ombre de grands arbres.

Pays plat et fuyant vers la gauche.

Tableau important.

Signé.

Toile. Haut., 63 cent.; larg., 100 cent.

## JACQUE

(CHARLES)

### 18 — Paysage breton.

Une bergère assise au pied d'un vieux pommier surveille un troupeau de moutons paissant sur les bords d'un chemin.

Ciel orageux.

Signé.

Toile. Haut., 46 cent.; larg., 67 cent.

## JACQUE

(CHARLES)

### 19 — Cour de ferme.

Des canards prennent leurs ébats près d'un puits.

Signé.

Bois. Haut., 14 cent.; larg., 20 cent.

## JONGKIND

**20 — Vue prise à Dortrecht.** 1880

A droite, divers navires sont à l'ancre : des embarcations sillonnent la rivière; à gauche, et au fond, la ville.

Signé et daté 1859.

Toile. Haut., 34 cent.; larg., 42 cent.

## KNAUS

(L.)

**21 — Episode de la guerre des Paysans.** 11000

La comtesse de Helfenstein, agenouillée devant un groupe de paysans, implore pour son mari que l'on conduit au supplice.

Tableau important de l'artiste comptant onze figures.

Signé L. Knaus 1852.

Toile. Haut., 110 cent.; larg., 98 cent.

## KNAUS

(L.)

### 22 — Portrait d'enfant.

En buste, les cheveux châtains, il porte un bonnet rouge noué sous le menton, une robe verte et une collerette blanche plissée.

Signé L. Knaus.

Bois. Haut., 11 cent.; larg., 9 cent.

## KNAUS

(L.)

### 23 — Petite fille.

Vue à mi-corps, les cheveux châtains, vêtement blanc laissant les épaules nues.

Signé L. Knaus 1855.

Toile. Haut., 26 cent.; larg., 21 cent.

## MEISSONIER

(ERNEST)

24 — Le Liseur. 27600

Assis dans un fauteuil, près d'une large fenêtre dont il a fermé un des volets pour se préserver des rayons du soleil, une jambe ramenée sur l'autre, il est tout à la lecture du livre qu'il tient entre les mains.

Ce tableau est célèbre dans l'œuvre du maître.

Signé et daté 1856.

Gravé par JACQUEMART.

Bois. Haut., 21 cent.; larg., 14 cent.

## MILLET

(JEAN-FRANÇOIS)

25 — La Tour du moulin.

Ébauche provenant de la vente après décès de l'artiste. N° 48 du catalogue.

Toile. Haut., 90 cent.; larg., 1 m. 16 cent.

## MOREAU

(ADRIEN)

26 — La Sortie du bal.

Dans le vestibule d'une riche habitation moderne, une nombreuse société quitte les salons du rez-de-chaussée pendant que d'autres invités descendent les escaliers conduisant aux appartements supérieurs; au centre, une jeune femme portant un costume du premier empire et donnant le bras à un incroyable, serre la main d'une élégante en domino rose.

Ce tableau, qui a figuré au salon de 1874, est signé et daté.

Toile. Haut., 78 cent.; larg., 1 m. 30 cent

## MUNTHE

(L.)

### 27 — L'Hiver.

Le sol est couvert d'une épaisse couche de neige, le soleil apparaît au centre, perçant la vapeur grise et les nuages qui couvrent le ciel. Des villageois cheminent péniblement, suivis de leurs chiens sur une grande route bordée sur la gauche par quelques arbres.

Signé L. MUNTHE.

Toile. Haut., 88 cent.; larg., 1 m. 63 cent.

## OMMEGANCK

(B.-P.)

### 28 — Animaux au repos.

Au premier plan, des moutons couchés près d'une mare et éclairés par les rayons d'un soleil couchant; à droite, un berger jouant avec son chien; au second plan, des vaches sur la lisière d'un bois; dans le fond, des montagnes.

Signé B. P. OMMEGANCK.

Bois. Haut., 58 cent.; larg., 70 cent.

## SCHEFFER

(HENRI)

### 29 — La Visite du Docteur.

Une jeune mère, assise sur le lit de sa petite fille, la soutient pendant que le médecin compte les pulsations; à droite, une table couverte d'un tapis rouge.

Signé Henri Scheffer, 1829.

Toile. Haut., 45 cent.; larg., 36 cent.

## SAINT-JEAN

### 30 — Fruits.

Des pêches et des prunes posées à terre sur une feuille de chou; auprès, une branche de framboisier avec ses fruits

Signé St-Jean, 1849.

Carton. Haut., 23 cent.; larg., 32 cent.

## STEVENS

(ALFRED)

### 31 — La Délaissée.

4000

Une jeune femme, vêtue d'une robe blanche sur laquelle flotte une ceinture rose, est à demi renversée dans son fauteuil, portant à son front, en signes de douleur, sa main et son mouchoir. Dans sa main gauche est une lettre dépliée dont elle a laissé tomber l'enveloppe à terre.

Signé et daté 1858.

Bois. Haut., 27 cent.; larg., 22 cent.

## TROYON

(CONSTANT)

### 32 — L'Abreuvoir.

Quatre vaches, sous la conduite d'une femme, viennent boire à la rivière ; en amont, près de la rive, est un bateau avec son mat ; à droite, un bouquet d'arbres.

Bien que, caché par les nuages le soleil inonde de lumière toute la campagne, les eaux étincellent sous ses rayons qui dorent le pelage des animaux.

Cet effet de soleil, au travers d'un ciel orageux, est rendu avec un talent incomparable.

Signé et daté 1851.

Gravé par CHAUVEL, et une seconde fois par FLAMENG.

Bois. Haut., 78 cent.; larg., 53 cent.

## VERBOECKHOVEN

(EUGÈNE)

### 33 — Brebis et son petit.

A droite, une palissade en planches près de laquelle est un mouton couché; au centre, une brebis et son agneau. Vers le fond, à gauche, un homme monté sur un âne traverse un cours d'eau. Ciel nuageux.

Signé EUGÈNE VERBOECKHOVEN. Fecit 1837.

Bois. Haut., 60 cent.; larg., 56 cent.

## WALDORP

(A.)

### 34 — Ville de Hollande.

Au centre, un canal et des bateliers conduisant un radeau; sur les côtés, des bateaux marchands; à droite, quelques habitations hollandaises; vers le fond, la ville éclairée par le soleil.

Bois. Haut., 41 cent.; larg., 51 cent.

# DESSINS

## MILLET

(JEAN-FRANÇOIS)

35 — Les Glaneuses.

Crayon noir signé J. F. M.

## MILLET

(JEAN-FRANÇOIS)

36 — La Fileuse.

Crayon noir signé J. F. M.
Vente après décès de l'artiste.

## HOBBEMA

(MEINDERT)

1638-1709.

### 37 — La Rivière.

27500

« Paysage représentant un site boisé divisé au centre par une rivière, sur laquelle un bateau avec trois hommes. (Smith a omis le quatrième qui se penche et qui est peu visible.) Sur la gauche (du tableau) se trouve un groupe d'arbres; auprès, un chemin. sur lequel deux paysans dont l'un est assis.

« De l'autre côté de la rivière s'étend un bois sombre, traversé par un étroit chemin où s'avancent deux personnes. La vue, à droite, se prolonge sur des terrains entrecoupés par la rivière et couverts en partie par des groupes d'arbres, à travers lesquels le soleil jette de vives lueurs. L'avant-plan, onduleux, est aussi agréablement varié par des roseaux et d'autres plantes. »

Peint dans un style ferme et magistral.

Smith, Catalogue raisonné, vol. VI, p. 147, N. 94 et supplément, p. 721, N. 6.

Les figures sont de la main du maître.

Signé M. Hobbema.

Gravé par Flameng.

Collections Lord Veymouth 1828 et J. Norris esq. 1842

Bois. Haut., 60 cent.; larg., 78 cent.

www.ingramcontent.com/pod-product-compliance
Ingram Content Group UK Ltd.
Pitfield, Milton Keynes, MK11 3LW, UK
UKHW021030260726
13994UKWH00005B/2066